弱い弱いはつよい

題字　村上有香
カバー・本文絵　伊藤美憂

巻頭の六作品に掲載の絵は「NHKハート展」入選時に詩と一緒に展示されたアート作品です。全アートはご本人のご承諾を得て掲載しております。

弱いはつよい

もくじ

3章 季節 47

4章 学校で出会ってん 59

6章 夢 95

5章 日々是 71

2017.5
MIYUU

弱いはつよい

弱い

私は野菜に弱い
野菜を食べるとオェーとなる
私はお母さんの怒りに弱い
お母さんが怒るとオェー倒れる
私はお父さんに強い
今まで一度も怒られたことがない

中学部2年生

絵：キンタロー。（芸人）

まふゆちゃん

まふゆちゃんは
じゃ口を手でおさえて
ヒー
ヒヒヒ　ヒー
と　水をとばす
せんめんじょの床に川ができて
みんなでおよぐ

小学校4年生

くみこさんが
あーしょうがないね
およごうって言った
バシャバシャバシャバシャ
みんなでおよぐ

絵：原田大二郎（俳優）

龍が火を噴く

ハァー
一発で火を噴いちゃった
すごくからいよー
ヒー　ハー

あっ　お母さんがこげちゃった
からい　からい　からい　からい　からい
スーハー　スーハー　スー

小学校6年生

からい　からい　からい
お口が火事です
早く水ちょうだい
柿の種がからいです

絵：ロコ・サトシ（ライブペインター）

今、6時8分でーす

私はうで時計を生まれてはじめてもらった
ランラ　ランラ　ラン
ランラ　ランラ　ラン
ヤッター
今は6時19分でーす
便利やわ

中学部1年生

めっちゃ　分かりやすい
これで友だちと待ち合わせできる
今、6時30分でーす

絵：セイン・カミュ（タレント）

アリスのティーカップって恐ろしいわ

小林先生が
「思いっきり回したろか？」って言ったんや
菜櫻ちゃんが
「ええなぁ〜」って言ったんや
私は
「ちょっと　ちょっと　ちょっと待って」って
言ったんや
アーアーアー
目の玉がなくなって

高等部3年生

口は開いたまま
山本先生が
「大丈夫か？大丈夫か？生きとうか？」って
言ったんや
幽霊になったように歩いた

絵：原高史（現代美術家／東北芸術工科大学教授）

絵：藤岡みなみ（タレント）

お風呂を広くした

はぁーごくらくごくらく
手足をのばした生き返る
心ぞうがつなてしまいそう」と言た
目はハート
大腸に花が咲いた

中学部2年生

NHKハート展とは

障害のある人がつづった「詩」と、
各界の著名人やアーティストがその詩に
込められた思いを表現した「アート作品」の
展覧会（第25回からは詩のみの展示）。

●『弱い』… NHKハート展（第19回）（2014年）4085編の詩の中から入選。

私が書いた詩を、地球の皆に読んでもらいたい。地球を明るくしたい。地球の皆が笑顔になりますように。

絵：キンタロー。（芸人）

見た瞬間に、ハートがポッと温くなるような絵を描きたくて。嫌いな野菜を抱っこするこの作品を描きました。
【紙に色鉛筆、サインペン。143ミリ× 96ミリ】

●『まふゆちゃん』… NHKハート展（第15回）（2010年）6128編の詩の中から入選。

大きくなったらコックさんになります。皆においし〜いごはんを食べさせてあげたい。お母さんは注文をとります。お父さんはご飯を運ぶ人。町の皆、食べに来てね。待ってるよ!

絵：原田大二郎（俳優）

クリスマスが近づいてくる。余裕のある人が困っている人を援助する、そんな心で一杯になったらいいな。ハート展の輪が広がりますように。
【色紙にペン、水彩絵の具。242ミリ×273ミリ】

●『龍が火を噴く』… NHKハート展（第17回）（2012年）5680編の詩の中から入選。

私はレストランをしたい。私がつくったご飯を皆に食べさせてあげたい。「おいしい」って言われたら、「あーよかった＾□＾」「おいしくない」って言われたら「あっそう＇.＇」

絵：ロコ・サトシ（ライブペインター）

村上有香さんの詩はとても好きです。明るく! リズムがあり! 生き生きして、ゆかいです!! とても感動しています。ありがとう!
【木のボードにアクリルペイント、ドローイング。660ミリ×660ミリ】

●『今、6時8分でーす』… NHKハート展（第18回）（2013年）5309編の詩の中から入選。

私は皆を笑わせるために詩を書いています。皆が笑ったらうれしい。世界中の皆を思い切り笑わせたい。地球を明るくしたい。

絵：セイン・カミュ（タレント）

嬉しさのあまり時間をも飛び越す作詩者の気持ちになって描いてみました。ワクワクとときめく心を感じていただければうれしいです。
【紙に水彩絵の具、カラーペン。202ミリ× 286ミリ】

●『お風呂を広くした』… NHKハート展（第20回）（2015年）3678編の詩の中から入選。

詩を書く音、楽しさのメロディーが聴こえてきたときに急いでメモをします。私は地球の皆の笑顔が見たいんです。そのために詩を書いています。

絵：藤岡みなみ（タレント）

「大腸に花が咲いた」というフレーズにとにかくグッときたので大腸がデザインの中心になるようにしたいと思いました。
【布、フェルト、刺繍でコラージュ。283ミリ×330ミリ】

●『アリスのティーカップって恐ろしいわ』… NHKハート展（第23回）（2018年）4084編の詩の中から入選。

4月に社会人になります。休みが少なくなります。卒業するのが寂しいです。社会人になったらお金を家に入れます。両親と私のお金で旅行に行きたいと思っています。

絵：原高史（現代美術家／東北芸術工科大学教授）

今回、村上有香さんの詩を読ませていただきました。詩をなんども読み返しました。読めば読むほど短い詩の中にたくさんのことが描かれていました。何か人間社会の人と人との関係性がリアルに見事に描かれていました。自分の物語と違う世界観に触れ、昔こんな感じのこともあったなという感覚にも引き込まれドキドキしました。
【キャンバスにアクリル絵の具。410ミリ× 319ミリ×20ミリ】

1章 笑顔満天

私

私は皆みたいにむずかしい勉強が出来ない
私は皆みたいに速くスラスラ歩けない
私は何で皆みたいに目が見えないの？
赤ちゃんの時からなの？
近くは見えるけど遠くは見えない
メガネをかけていても黒板の字が見えない
連絡帳を書くとき大変
教科書が小さい字ばっかりで読めない
漢字も読めない

小学校6年生

私がいなくなったら
お父さんとお母さんは生きていけない？
私が産まれてよかった？
お母さん
困ったことや悲しいことがあったら私に言って
全部聞いてあげるから
一緒に泣いてあげるから

それが親子っていうもんや

お母さんはいつもお父さんにばっかり
やさしくしているからあかん
子どもにもちゃんとやさしく言った方がいい
子どもに怒りっぽい声
きびしく言ったらあかん
子どもは遊びながら成長してるんや
大人は仕事をしながら成長してるんや

中学部1年生

ぺったんって手をつないだら
親子ってていうもんや

私は心の字が読める

遠くから手をかざして片目をつぶる
そうしたら心の字が見える
私はみんなの心の字が読める
お母さんの心には
「有香ちゃんが生まれてよかった」って書いてある
お父さんの心には
「有香ちゃんがいるから仕事がんばれる」って
書いてある
私はこの家に生まれてよかった

中学部3年生

これ激辛やな
唐辛子の辛さで
脳が働く
あっ詩を書かなきゃ
あっ宿題しなきゃ
あっ早く働かなきゃ
あっちょっとは遊ばなー！

高等部1年生

それは行ってみないとわからない

ハワイは楽しかった
又、行きたいでーす
みたいな詩が書きたい
私はハワイに住んでいる人と
My name is Yuka.
How old are you?
I'm fine thank you and you?
と話したい
お父さん、ハワイに行ってもいいかしら？

中学部１年生

地球

菜櫻ちゃんな
地球釣ってんて
地球ほんまに釣ってんて
釣竿が曲がってた
引っぱってもとれんかった
地球は無事助かった

中学部３年生

私は昔、火星に住んでた

土星のばくだんで火星がばくはつした
お父さんとお母さんと兄弟が亡くなった
私はポッーン
うつぶせになり
ハァーア
ため息をついた
私は手を広げて地球へとんだ
おちたのがこの家だった
私は本当にここに来れてよかった

中学部3年生

お父さんはしんどかろう

お父さん大変やな
ご苦労様やな
行きは満員電車
帰りは混雑
遠くまで行ってくれてありがとう
九十九才まで働くんだよ

高等部1年生

ほんの少し似合ってた
こんなこと言うたら吉井先生に失礼やけど
ちょっとやりすぎじゃない？

高等部１年生

そこまでせんでもいいのに
「有香ちゃんもこの髪型にしたら？」

「プールの帽子かぶるのが便利やで」

「キャンプで頭を洗うのも便利やで」

私は便利イヤやねん！

私は髪の毛で苦労したいねん！

悩みごとがあるねん

「よいしょっ」って言わないと立てない
「どっこらしょっ」って言わないと座れない
腰を深く座る時には「ふう〜」
吉井先生が
「おばさんですか?」って言う
私はややこしいティーンエイジャーです

高等部2年生

私は今睡魔と闘っている

起きるか寝るか
起きるか寝るか
どっちが勝つだろう
お祈りしている時でも
食べている時でも
歩いている時でも
私はいつでも爆睡できる

高等部3年生

芥川龍之介

芥川龍之介って何やねん
トロッコとか蜘蛛の糸とか
何やねん
読んでも読んでもなぁ
意味がわからん
実際乗ってみんとわからんわ
蜘蛛の糸をのぼってやろか

高等部3年生

2章　アニバーサリー

赤ちゃん

だっこしたい
大すき

私はミルクをのませてあげたい
私は赤ちゃんのために何かうたってあげる
それからそれから
赤ちゃんにごはんをたべさせてあげたい

ごはんをたべるときは

小学校4年生

あーん　もぐもぐ　かみかみ　ごっくん
エプロンをして
あーん　ぱくぱく　もぐもぐ　ごっくん
私は赤ちゃんをだっこする
たのしい
もぐもぐ　ごっくん　もぐもぐ　ごっくん
もぐもく　ぱっくん　もぐもぐ　ぱっくん

おまつり

友だちと駅で待ち合わせをして
一緒に楽しくすごせた
お母さんがいないから何でも買えた
ドキドキワクワク
皆が三百円っていったら
百円玉が三個だよって教えてくれた
ニコニコ

小学校5年生

から揚げがおいしかった
綿菓子がおいしかった
ラムネがおいしかった
ポテトも食べた

表彰状

校長先生は大声で笑った
みんなも笑った
小川先生はパチパチ　チパチ

私は表彰状もらうの緊張した
緊張して肩が上にあがって
手がまっすぐになった
心ぞうが上がったり下がったり　したりした

小学校４年生

ドキッ ドキッドキッ
ワクッ ワクッワクッ
はぁーやれやれ
私は表彰状大好き

4年生の日記

私はひょうしょう状をもらいたいです
私はまだひょうしょう状をもらえませんでした
さびしかった
私だってひょうしょう状をもらいたいです
私も朝会で校長先生から
ひょうしょう状もらいたいです
次の月よう日朝会でひょうしょう状を
もらいたいです

3月2日に東京に行って、NHKハート展で賞状をもらうことができました。有香ちゃんは担任の先生に「私は朝会で校長先生から表彰状がもらいたいです」と自分で伝えました。そして…次の週の月曜日の朝、全校朝会で校長先生から表彰状（NHKハート展の）をもらうことができたのでした。

ハワイの海

自然な空気
自然な海の音
ザバーン　ザバーン
ジャパーン
私は海の音を聞きながら
晩ご飯を食べた

中学部１年生

ハワイの海
（movie）

自然の虫
自然のはえ
自然な私たち
ワンダフル!

ハッピバースデー

ハッピバースデー　トゥーユー
ハッピバースデー　トゥーユー
ハッピバースデー　ディアーユカチャン
ハッピバースデー　トゥーユー

みんなが歌った
佐野さんは大きな声で歌った
うれしかった

小学校5年生

私はロウソクをフーした
みんなが「おめでとう」って言った
いちごの香りが幸せだった

母のつぶやき

五年生になってから、同級生が大勢放課後に遊びに来てくれるようになりました。同級生の話では、有香が廊下ですれ違う人全員に「今日遊ばない?」と声をかけているとのことでした。自分から声をかける有香の勇気も素晴らしいですが、それに応えてくれたお友達に感謝です。

私は昨日で12才終わりだった

私はもう13才になっているから
お母さんの話を聞いて
いろんなことを学びたい
お母さんが困っているときとか
心配なときに助けてあげたい
私は大きくなったら
世界中の皆の世話をする仕事をしたい
私は地球を明るくするまほう使いなの

中学部１年生

3章 季節

氷点下の庭

アイスが割れる
アイスがとびはねる
ペチャペチャパンパン
ペチャペチャパンパン
ペチャペチャパッパン
ペチャペチャパッパンパン
私の足が
ピアノの様に
アイスを弾く

中学部 3年生

「氷点下の庭」
の元になった
体験（movie）

強い風

お母さん
せんたく物が風に吹かれて
「助けてぇー」って言ってるで
トントン
「入れてー」
「風にのみ込まれていやだぁー」
お母さん
せんたく物が呼んでるでー

中学部2年生

雪の結晶

雪の結晶は
トナカイの角みたい
いっぱいたまると
蜘蛛の巣みたい
雪の結晶は
百を超えたら海になる
雪の海でブランコした
何とも言えない幸せさ

高等部１年生

お豆むき

あけます
あー四人家族かよー
小さい赤ちゃんがいた
かわいい
おぎゃーおぎゃーって泣いている

あっはねた
元気がいいね
じっとしときなさい

小学校6年生

だってはねたら
どこ行ったかわからない
じっとしときなさい
はねたらなぁー
おまわりさんにつかまるで

小二のつぶやき

有香「赤ちゃんは泣くのが仕事なん？」
母親「そうよ」
有香「何で？」
母親「何でって、決まってるねん」
有香「決まってるのかぁ〜」
有香「ライオンの赤ちゃんも泣くのが仕事？」
母親「知りませんやん！」
有香「知らんのかい！」

月

あともう少しで月が雲にかくれて
見えなくなる
神戸は昼
お父さんを思い出した
お父さんは涙がぽろぽろ
お父さんは仕事をしながら、もう大泣きで
カナダまであふれる涙
私と町中の英語をしゃべる皆と
犬も浮くほど泣いている

小学校5年生

月よう日に帰ってお父さんに会って
カナダ楽しかったよって
ギューしたい

ミンミンミンミン　ミー

ダッピ　ダッピ　ダッピ
ダッピだー
なんでセミは脱皮するの？
私も半そで半ズボンを脱皮したい
脱皮したら私は大人
お酒のめるし仕事もがんばれる
クゥー美味しい

小学校6年生

プール

智子さんがもぐれるま法を教えてくれた
「私はもぐれるもぐれるもぐれる…」
って10回言うの
もぐってみたら楽しかってん
「お母さ〜ん」って言ってみた
もう一回もぐって「お父さん」って呼んだ
アワがリズムになった

中学部２年生

熱中症

制服がアイスクリームのように
溶けるような暑さだった
頭に汗の水たまりができる
口から湯気がでそう
おばあちゃんだったら
暑くてしおれる

高等部 2年生

4章 学校で出会ってん

佐野さん

小学校6年生

佐野さんはとてもやさしい子
私は佐野さんになりたい
佐野さんのお父さんと結婚して
佐野さんと一緒に暮らしたい
一緒に学校にも行けるし
ワクワクしそう
でも・・・
佐野さんのお母さんが泣く
しくしくしくしく

母のつぶやき

佐野さんは、有香が「佐野さん」と呼ぶと、いつも「はい、何でしょう」と言ってそばに来てくれます。ある先生が彼女のことを「本当に優しい。大人にもできない支援ができる人」とおっしゃいました。また別の先生は「いつも笑顔を絶やさない人」とおっしゃいました。佐野さんに「佐野さん」と呼びかけることができることが、有香が話せるようになって一番良かったことだそうです。

佐野さんは、有香が安心して肩や手に触れることができるお友達でした。優しいお友達の存在はインクルーシブ教育に不可欠です。

しょうがない
あきらめる
あぁーあ
残念無念

6年生の日記

めっちゃめっちゃ　めーっちゃ悲しい
何で行っちゃうの？
友だちなのに
悲しい悲しい　かぁーなしい
何で行っちゃうの？
何で何で　なぁーんで行っちゃうの？
めっちゃ悲しいよー
佐野さん何で横浜に行っちゃうの？
行かないでほしい
佐野さん一生の友だちって言ったよね
何で横浜に行っちゃうの？
くやしいくやしい　くーやしい

吉田先生

中学部１年生

私はつかれやすい
吉田先生の足につっぷす
吉田先生は鉛筆を置いて
「大丈夫なの？、よしよし」って言ってくれる
背中をさすってくれる
私が倒れて困った顔で泣きそうになったら
吉田先生が走って来て
「けがしたの？。大丈夫なの？」って言ってくれる
背中をさすってくれる

それから「よいしょ」って言いながら一緒に立つ
吉田先生は
「有香ちゃん大好き」って言って
ムギューってしてくれる
笑いながら背中をさすってくれる
私は吉田先生が大好き♥

太一君

太一君食べるのが早いねん
ごはんの大もりを
玉子をかきまぜるみたいに食べる
シャカシャカシャカシャカシャカ
牛乳をスースースーゴクゴクゴク
スースースーゴクゴクゴクゴク
給食が終わったら
歯ブラシをむりやり河合先生ににぎらせて
歯をみがくねん

中学部２年生

ゴシゴシゴシゴシゴシの早口ことば
早すぎるねん
河合先生が「もうやめて」って言うねん

三年三組

杉浦先生はよく笑う
アハハハハハー
松田先生は口をあけて笑う
アッハハハー
松本先生は笑うと目が一ミリになる
ハハハハハハー
みんなで笑った
自由に笑った
一年間楽しかった

中学部 3年生

大岡先生

大岡先生のピアノを聞きながら歌っているから
素敵な音色で浮かれています
指が小走りにピアノを弾く
うっとりしながら歌ってる
私は大岡先生が大好きでずっと見てました
キョロ

高等部1年生

入江先生

私が「よー相棒」って言ったら
入江先生が「よー相棒」って言うねん
私が面白いことを言ったら
笑ってくれるねん
入江先生大好き
いつもほめてくれるねん
「賢いなー」
私の味方をしてくれるねん

高等部 3年生

藤井先生

はぁーっと思った
何で三宮で現れたんかな
何でやろう？
もぉー
何でついて来るねんー
私は地下鉄方面へ
大股で逃げて行った
もう尾行やめてー

高等部 3年生

吉井先生大好き

吉井先生は給食の前に
「ひも爺が来た」って言うねん
「私にも来たぁ〜」
二人で大ウケ
笑いが止まらない
吉井先生は食べるのが好き
食べたら笑顔でウフッ

高等部 1年生

5章 日々是

しゃぼん玉

しゃぼん玉大好き
しゃぼん玉、さんぽ行くの？
うん行く
どこに行くの？
東京都
私のしゃぼん玉はトタトタ歩く
大きくて消えるときプヒッ

小学校 4年生

お母さんのしゃぼん玉は
小さくて赤ちゃん
エーンエーンって泣いてる
私の大きなしゃぼん玉に
お母さんの小さなしゃぼん玉が入った
愛情みたい

ひろっさんと陸ちゃんでさんぽした

私は陸ちゃんと一緒におさんぽ
はじめてだった
私は陸ちゃんと一緒におさんぽ行くの
楽しみだった
私は楽しかった
私は陸ちゃんと一緒におさんぽしたのは
うれしかった

小学校 4年生

陸ちゃんは笑ってた
えへっ へへへ
ひろっさんも笑ってた
えへっ いひひ

みんなで笑いながら歩いた
いひひ
いひひひ
いひひひひ

＼つぶやき＼

ひろつさんと陸ちゃんでさんぽした
ひろつさんとは隣の家の人です。
陸ちゃんはひろつさんちの7カ月のお孫さん。

弘津さんのおせち
（movie）

小2のとき

…有香がとても上手に洗濯物をたたむのに驚いた祖母が尋ねました

祖母「誰にたたみ方を教えてもらったの？」
有香「弘津ちゃん！」

少し前から、上手に洗濯物をたたんでくれるので、成長したなぁ〜と思っていましたが、お隣の奥様から習っていたとは。

祖母「有香ちゃんが『お母さんは料理が下手やで』と言ったので
『お母さんもやれば上手なのよ』と言っておいたよ」

…祖母から話を聞き、有香に尋ねました。

母親「お母さんの料理が何やって？」
有香「はっ！」
母親「お母さんの料理が何やって？」
有香「ひぃ〜！」
母親「お母さんの料理が何て言ったの？」
有香「忘れた！」
母親「弘津さん（隣人）の料理は？」
有香「すごい！上手！」
母親「有香ちゃんは誰のご飯を食べるのが一番好きなの？」
有香「弘津ちゃん！」

小4のとき

有香「弘津ちゃん、ありがとう。弘津ちゃん、ありがとうございます。弘津ちゃんのおせち料理うまいーーー。うまくてうれし泣きしそう。一口食べるとおいしーーーって泣く。おいしくって長いこと泣きそうだわぁ」
有香「弘津ちゃんの家でいちご食べた。陸ちゃん（7ヶ月）が目をつぶって『おいしぃ〜』って言った。『目がなくなるほどおいしぃ〜』って」

トランポリン

トランポリンは大きくてとんだら飛び出しそう
鳥になりそう
空の天井まで届きそう
天国のおじいちゃんが待っている
Hello.
Hi, I'm fine thank you, and you?
Hi, I'm fine thank you.
おばあちゃんが困ってる
おじいちゃんがいないから

小学校5年生

2019.2
Miy

貧乏ゆすり

もうお父さんたらやめて！
もう地しんみたいでイヤだわ
家がふるえているみたいでイヤだ
イスがふるえるからやめて下さい
お父さん
お金はあるやろ？
貧乏ゆすりやめて！

中学部 3年生

つぶやき

小2のとき

有香「お母さん、一緒に寝ようね」
父親「お父さんは?」
有香「お父さんは一人で寝る練習しっ!」

小3のとき

有香「お母さんが死んだら私、死ぬかもしれない」
父親「お父さんが死んだら?」
有香「泣くわ。お母さんと。なっ!」
父親「どういうことやねん!」

中2のとき

有香「私はお父さんに一度も怒られたことがない。と言うことは、お父さんは怒り方知らんねんや。だから怒られへんねん」
母親「怒られたい?」
有香「お父さんはそのままで良い」

自立訓練2年目のとき

…呼んでも来ない父親を呼び続けていました
有香「お父さん、カモン」
有香「お父さん、Come here」
有香「お父さん、おいで!」
有香「お父さん、ここに来なはれ!!」

中3のとき

有香「お父さんて、もしかして社会人なん?」
父親「何やと思ってたん?」
有香「ただの子供。お菓子好きやし、こちょこちょするし…。お母さんは社会人になってるけど」

えんぴつ

聞こえる
聞こえる
トコトコトコ
あっ、えんぴつ
トコトコって言った
書きながらしゃべってる
聞こえたぁー
おーしゃべったぁー

小学校6年生

えんぴつ

えんぴつっておかしいな
学校の校を書くとき
まちがえて村になっちゃった
えんぴつがまちがえた
アハハハハ
ウハハハハ
えんぴつのアホ

中学部 1年生

私のスマホ

日曜日に北嶋さんにメールして
月曜日に小笹さんにメールして
火曜日に倉田さんにメールして
水曜日に姫田さんにメールする
私のメル友は友だちのお母さん
友だちが家で何をしているか知りたい
河合先生ともメル友になりたい
「河合先生大好きよ」

中学部 2年生

虫

冬馬 君は本の虫
私はテレビの虫
酒井先生は書くのが好きだから書く虫
村口先生はメモの虫
校長先生は、お話が好きだからお話の虫
佐志田先生は新聞がめっちゃ好きだから新聞の虫
野路先生は、酒井先生と同じ書く虫
藤井先生は、皆を大切にするから大切虫

小学校5年生

救急車

救急車は車の部長
周りの車が
ははぁー

高等部 2年生

お母さんがアシナガバチに刺された
お父さんが「お母さんが大変や」と言った
お母さんが刺されたままで
ハチを連れて来ると思ったので
部屋の戸をピシャンー閉めた
私は怖いから
足を広げて力を入れて
必死でふんばった
ふすまで綱引きみたいになった

高等部 3年生

電車を間違えた

何やら分からない駅に止まったから
びっくりした
頭の中がぐちゃっとなって
えっ
ここどこ?
どこ?どこ?
私は誰?
ってなった

自立訓練 1年

浅井先生に厳しく叱られたら腰が抜ける
氷みたいに体がカチンとなる
尼崎はまだかなぁー
心の中にハチが飛んでる

「遅れてすみません」って言ったら
「心配してたよー」
「まぁー無事に着いて良かった良かった」
って言ってくれた
怒るどころか心配しとったんやー.

節電

もうがまんできない
雨みたいに汗がでた
みんな私の汗に流されて
イギリスまで行ってしまう
ザバーン
海ができた
アメリカの洗たく物が
私の汗でびしょぬれ

小学校6年生

雨

傘もさしても意味がないような雨だった
坂を歩く時に必ず風が強く吹く
スカートがビシャビシャになって
足に氷が張るような冷たさだった
ジャケットのフードをかぶって走った

高等部 2年生

私の壁

お母さんは愛があるから怒るんでしょう？
私は愛があっても怒れない
脳の中では本気で怒る
けど、口には出せない
あー脳に壁ができる
壁ができるとしゃべれなくなる
がまんしたら
バーン
私がはれつする

中学部３年生

きつね狩り

きつね狩りに行きたい
きつねをとる
それからコックさんに見せる
「このきつねをおあげにしてください」
コックさんが「やってみます」って言ったら
「ヤッター」

冗談です

小学校6年生

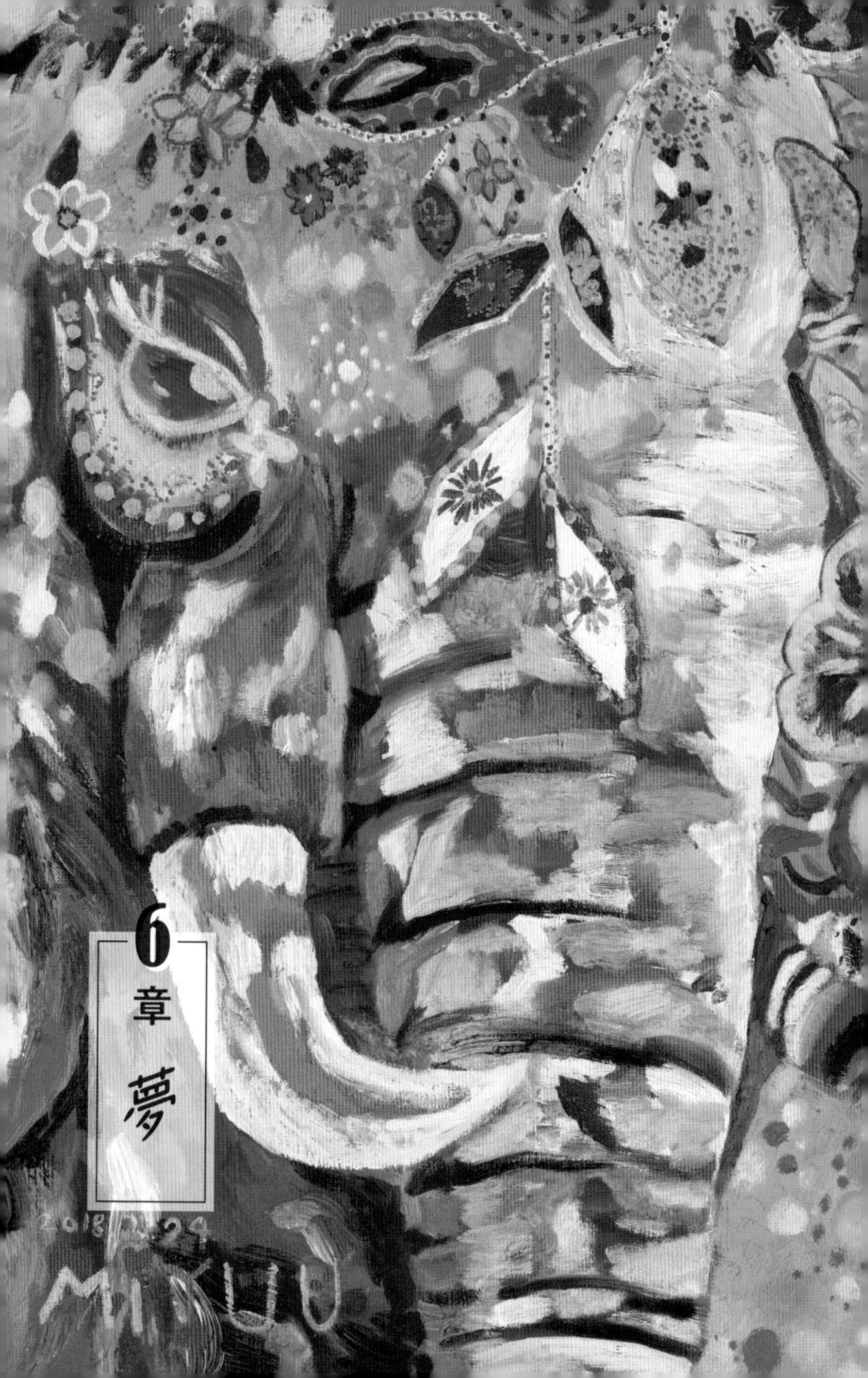

6章 夢

一人でローソンで買い物が出来ました

買い物が終わって帰ったら
一瞬のことだけど
お母さん　ほっとしたっていう顔してた
私もほっ　とした

行けるかなぁー
知らない人に捕まるかなぁー
誰かに文句言われるかなぁー
一人で買い物するのは怖かった

高等部1年生

私は変わるんだー・
これからは買い物が自由自在に出来る
高校一年生になる

母のつぶやき

自立訓練2年目。無駄遣いについて厳しめに注意をしました。
お金があると、鉛筆とノートを必要以上に買います。

母親「何でそんなに買うの?」
有香「私もまだ買う必要がないと思っているんだけど、デイリーヤマザキに吸い込まれる」

吸い込まれるんじゃ仕方ないなと。笑ってしまいました。

皆みたいに100点とりたい

私はお父さんとお母さんがおどろくぐらい
100点とりたい
酒井先生とかお友だちとか
町中の人がおどろくぐらい
100点とりたい

私は一人でむずかしい勉強したい
がんばってみよう

小学校 5年生

2017.12.24
MIYUU

ハワイに行きたいわぁー

このキャンディーおいしい
村口先生にもらった
ピンクの歯ブラシももらった

ハワイ楽しかったって
泳いだって
ジュース飲んだって

小学校6年生

私も連れて行ってよ
私もハワイに行って泳ぎたいわぁー
私は村口先生と一緒にジュース飲みたいの

ランラ ランラ ラン
ランラ ランラ ラン

私もウキウキしたいわぁー

私は絶対に変わります

大人の顔
大人の声
大人の体を持ちたい
美しく髪を伸ばしたい
お上品になりたい
学校の皆から
「指先がきれいだね」と言われたい
お化粧をして学校に行って
「吉井先生よりきれいだね」って言われたい

高等部 1年生

2020.8.1
MIYUU

舞妓さん

あまりにもかわいすぎて
私の顔が赤くなった
同い年なんてびっくりしたわ
学校にも行かないで
なりたいけど
遅かったかー私

高等部 3年生

タ－キ－は七面鳥

タ－キ－は美味しくて
食べたら食べたで止まらない
食べなかったら損した気分
やめられない
う－ん
嬉しくて嬉しくて
あ－満足すぎて
私が飛びそう

高等部1年生

大人のわ・た・し

二十歳になったらお化粧するで
派手に

自立訓練 2年

だって女性は化粧で顔が変わるって
決まってるでしょう？
派手にパーッと変えたい
濃い眉も
レディーガガのような目
黒いサングラスを頭にかけて
足を組んでビールを飲んで
「クーッ」って言いたい

喫茶の仕事

お茶を作ったりするねんで
私にぴったりじゃない
まず名前を呼んで
「コーヒーか紅茶かどちらにしますか？」
お茶を作る時は
「美味しくなぁーれ」
「美味しくなぁーれ」
って呪文を言う

自立訓練 2年

もしコーヒーだったら
「はいコーヒーですよ」
「熱いので注意してください」
もし紅茶だったら
「はい紅茶です」
「美味しいですよ」って言う
私は四月から本当の社会人として頑張ります

「喫茶の仕事」
朗読（movie）

これが社会人や！

バスを降りたら雨で一面まっ白
道だか川だか分からなかった
よそのおばさんが
「傘さしても意味ないですねー」と笑った
すーっと勇気を出して一歩踏み出したら
ドッーーーン
雷が鳴りだした
迫力あるなぁー

自立訓練 1年

ふくらはぎまでびっしょびしょ
靴か靴下か感覚がない
自分が半分見えなくなった

ビールを飲んだ

二十歳になって
ザ・プレミアム・モルツを飲んでみたところ
まぁあんまり美味しくなかった
残念だったなぁー
けどやっぱり
一日の終わりはビールが一番さっ
と今は思っている
これから二十歳になる人たちに

自立訓練 2年

「飲みすぎに注意ー」
「お酒に飲まれたらだめよー」
と言いたい

ひこうき

ひこうきが
センザーイ
センザーイ
ザーイ　ザーイ
と言った
お経に聞こえた
「こわい」と言いながら
ふるえながら笑った

中学部 2年生

おわりに

詩集を書いた私の娘の有香にはダウン症があります。小学校低学年の頃は、ひらがなは書けても、自分で口にした言葉を文字にして書くことがとても難しかったです。

『思ったことを書けるように』なるためには『書く練習をする』しかないと思い込んでいた私は、毎日、日記を書かせていました。しかし、二年が経過しても、「今日はピアノに行きました」「今日は英語に行きました」と、その日の出来事を羅列するだけで、文章力がつくわけでもなく、『思い』や『考え』を表現することはほとんどありませんでした。

そんなある日、偶然見たテレビ番組で、小学校の先生が「子どもは、例えば『冷蔵庫』のような、身近な物をタイトルとして与えると、とても面白い文章を書きます」と、お話されるのを見ました。私は『これだ！』と思い、早速、試してみることにしました。

有香はピアノの先生のお宅で飼われている犬のこうちゃんが大好きだったので、こうちゃんについて「どう思う？」と尋ねると、

やさしい　たまにはほえる　ワンワンワンワンワン
ピンポンならすと
ワンワンワンワンワンワン　ワン　ワンワン　ワンワン

こうちゃん
(movie)

と、こうちゃんに対する思いが口から溢れ出してきました。日記とはまるで別人。そのリズミカルな言葉に、大きな衝撃を受けました。

九歳の有香の心の中に、きらめく言葉の世界があることを知った二〇〇九年五月二〇日は、私にとって生涯忘れられない日となりました。

文字や文章を書くことがあんなに難しかったのに、現在は、「もうやめて」と言いたくなるほど、大学ノートに好きなことをびっしり書き込む毎日です。生まれた時には、どんな将来が待ち受けているのか想像もつきませんでしたが、有香の言葉に笑いの絶えない毎日を過ごしています。

また、「お母さん、笑顔!」「お母さん、もっとにこやかに!」と、私の方が注意されることも増え、もう対等な一人の人間だと感じています。

まさかダウン症のある娘から指導される日がくるとは、夢にも思っていませんでした。

有香の紡ぐ言葉には愛が詰まっています。身近な人だけではなく、あらゆるものに対する愛があり、海に投げた石や風にゆれる洗濯物、鉛筆の声まで聞こえるようです。

この春、支援学校高等部を卒業後に二年間通った自立訓練を終え、社会福祉法人で介護職員(非常勤)として働き始めました。環境が大きく変わっても、この独特の感性を持ち続けてほしいと願っています。

有香の詩を通して、愛とユーモアだけではなく悩みも持つ、一人の人間としての姿も知っていただければ幸いです。

二〇二〇年九月

村上喜美子

詩集を読み終えて

ユーモアにとんだ、楽しい文章に思わず、
声を出してふっと笑ってしまいます。
毎日の出来事に豊かに反応する有香ちゃんの目には
この世界がとても楽しいおとぎの国のように
映っているのでしょうね。
この詩集を読むにつれ、私たちがつい
忘れてしまいそうになる大切な「心の目」を、
有香ちゃんはしっかり持っているのだということを
確信できます。
周囲の人たちからたくさんの
愛情を受けてこられたからこそであり、
またその愛にみごとに応えられた
有香ちゃんは素晴らしいです。
頑張れ、有香ちゃん！

玉井 浩
大阪医科大学名誉教授
公益財団法人日本ダウン症協会理事
日本ダウン症療育研究会会長

プロフィール

村上有香　伊藤美憂

著者／詩
村上有香（写真左）
1999年神戸市生まれ。ダウン症の有香さん、小学校4年生から詩を書き始め、NHKハート展に6回入選して注目を集める。世界中の人を笑顔に、そして世界中の人のお世話をするのが夢。

絵／カバー・本文
伊藤美憂（写真右）
1999年神奈川県生まれ。ダウン症の美憂さん、15歳で油絵を描き始める。2018年三菱地所の「キラキラっとアートコンクール」にて優秀賞を受賞。その他、企業のカレンダー・広報紙表紙などに作品を提供している。

美憂ちゃんが絵を制作中のphoto

Special Thanks

安藤忠
玉井浩
石岡由紀
井手友美
上地玲子
大貝茂
久保寺こずえ
近藤和美
高瀬悦子
友井川睦子
松岡祥子
宮木ますみ
高畠知加子
西馬和男
山﨑悦子
小川友子
藤井晴子
山水芳江
村口奈津季
上野昌稔
稲原精一
入江智
沖原明子
河合澄野
川崎雅子
小泉昌年
小林愛子
左藤俊弘
杉浦陸美
橋本繁仁

藤井加寿美
前田政哉
山本和彦
吉井沙織
吉田三枝子
浅井るり子
安東武博
今川愛希子
小畑昌也
加藤尚子
村上久美
Gary Plamondon
Tomoko Arisue
Yewta Plamondon
Emmi Plamondon
一ノ宮美佳・悠
稲見智子・綾
上村直美・眞穂
梅木知宏
北嶋敏絵
倉田孝子・百合子
小笹久美子・冬馬・真冬
佐野恵美・優衣
杉山真弓・綾也奈
鷹野雅子・寧寧
辰馬寛子・一真
所一美・希恵
浜崎晴加・節子
姫田久美・菜櫻
細木優理香

森康子・駿斗
矢坂かおり・法子
山元恵子・麻美
吉兼由美子
坂口摩耶
橋本味千代
浜口久栄
原まどか
春井知佐子
弘津美香子・あす香・陸
増田百合
村上晴子
伊藤凉子
指宿良三
大園恵美子
岡本嘉子
鞍掛邦雄
田辺稠代
濱田盛
原みちえ
北住ミナ子
清水安子
林山三千代
福重知
古川貞子
村上紙子
(故) 村上博
(故) 藤木道子
(故) 二階堂胤平
(故) 北住トシ

巻頭絵：Special Thanks！
第15回NHKハート展より　原田 大二郎さん
第17回NHKハート展より　ロコ・サトシさん
第18回NHKハート展より　セイン・カミュさん
第19回NHKハート展より　キンタロー。さん
第20回NHKハート展より　藤岡 みなみさん
第23回NHKハート展より　原 高史さん

デザイン　monostore
カバー・本文絵　伊藤美憂
企画協力　村上喜美子、伊藤玲子
おかのきんや、企画のたまご屋さん
協　力　NHK

弱いはつよい

2020年10月5日　初版第1刷発行

著　者　村上 有香（むらかみ・ゆか）
絵　伊藤 美憂（いとう・みゆう）
発行者　青田 恵
発行所　株式会社風鳴舎
〒170-0005 豊島区南大塚2-38-1 MID POINT 6F
（電話03-5963-5266/FAX03-5963-5267）
印刷・製本　株式会社シナノ

 ISBN978-4-907537-28-9　C0092　Printed in Japan